# 도마 이발소의 생선들

SEOUL, 2010

# 도마 이발소의 생선들

초판 제1쇄 발행일 2010년 6월 5일
초판 제35쇄 발행일 2022년 3월 20일
글 박상률  그림 이유진
발행인 박헌용, 윤호권  발행처 (주)시공사
주소 서울시 성동구 상원1길 22, 6-8층 (우편번호 04779)
대표전화 02-3486-6877  팩스(주문) 02-585-1247
홈페이지 www.sigongsa.com/www.sigongjunior.com

글 ⓒ 박상률, 2010 | 그림 ⓒ 이유진, 2010

ISBN 978-89-527-8672-2 74810
ISBN 978-89-527-5579-7 (세트)

*시공사는 시공간을 넘는 무한한 콘텐츠 세상을 만듭니다.
*시공사는 더 나은 내일을 함께 만들 여러분의 소중한 의견을 기다립니다.
*잘못 만들어진 책은 구입하신 곳에서 바꾸어 드립니다.

 KC마크는 이 제품이 공통안전기준에 적합하였음을 의미합니다.
제조국 : 대한민국  사용 연령 : 8세 이상
책장에 손이 베이지 않게, 모서리에 다치지 않게 주의하세요.

# 도마 이발소의 생선들

박상률 글
이유진 그림

시공주니어

# 차례

1. 꿀꿀, 돼지가 웃는 집     7

2. 발사 아저씨의 옳은 말씀     13

3. 구둣솔 같고 고슴도치 가시 같은 내 머리     19

4. 엿장수 맘, 아니 이발사 맘!     26

5. 머리 병원에 가자고요?     32

6. 둘러대기 일 등, 우리 아빠     38

7. 지리산 오르내리는 동안 생긴 일     47

8. 도마 위 생선? 우리가?     56

작가의 말     60

꿀꿀, 돼지가 웃는 집

  놀이터를 끼고 왼쪽으로 돌자 울긋불긋한 줄이
어지럽게 돌고 있는 이발소 표시등이 보였어요.
이발소 표시등은 이발소 앞 전봇대 옆에 나란히
서 있는 기둥에 매달려 있어요. 나는 내키지 않는
발걸음으로 이발소 표시등 앞에 섰어요. 할 수만
있다면 표시등 너머로 숨어 버리고 싶었어요.
그러나 그럴 수가 없었어요. 같이 간 아빠가 벌써

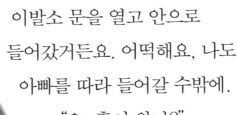

이발소 문을 열고 안으로
들어갔거든요. 어떡해요, 나도
아빠를 따라 들어갈 수밖에.
"오, 훈이 왔냐?"
안으로 들어가자 손님
머리를 깎고 있던 발사
아저씨가 손으론 가위질을
하면서도 얼굴을 돌려 반갑게
맞아 주었어요. 그렇지만 나는 반갑게 인사할 마음이
나지 않았어요. 그래서 그냥 시큰둥한 표정을 짓고
인사도 하는 둥 마는 둥 했지요.
"왜 그랴, 훈아?"
발사 아저씨가 가위질을 멈추고, 나와 아빠를
번갈아 바라보았어요. 아빠는 발사 아저씨를 보고
애써 웃으며 둘러댔어요.
"허허, 자는데 깨워서 데려왔더니……."

아빠는 내가 이발하기 싫어서 그런다는 말은 하지
않고 나를 잠꾸러기로 만들어 버렸어요. 발사
아저씨는 그저 '하하!' 할 뿐이고요. 이발하기
싫은데 억지로 온 까닭을 모르니까요. 난 아빠가
발사 아저씨한테 나를 두고 전혀 엉뚱한 말을
하는 게 더 짜증 났어요. 사정도 모르고
'하하' 웃는 발사 아저씨한테도 짜증이
났고요.

나를 두고 웃는
건 아빠와 발사
아저씨뿐만이
아니에요. 꿀꿀
돼지들도 나를
보고 웃었어요.
이발 의자
앞쪽엔 커다란

거울이 벽을 다 차지하고 있어요. 거울 위 액자엔 돼지들이 있고요. 그런데 그 돼지들이 나를 보고 웃는 거예요. 어미 돼지만이 아녜요. 젖을 빨고 있는 새끼 돼지 열두 마리까지 젖을 빨다 말고 모두 나를 보고 웃느라 코를 벌름거리는 거예요.

'꿀꿀꿀꿀 꿀꿀꿀꿀 꿀꿀꿀꿀!'

새끼 돼지 열두 마리가 모두 코를 벌름대며 꿀꿀거리자 나는 그야말로 기분이 더 '꿀꿀' 해지고 말았어요. 그 순간 꿀꿀거리는 녀석들 꼬리라도 확 잡아끌어 내팽개쳐 버리고 싶었어요. 그래서 퉁명스럽게 중얼거렸지요.

"야! 왜 꿀꿀거려? 꼬리를 다 잘라 버릴 거야."

"잉? 뭐라고? 뭘 꼬랑지를 으짠다고?"

발사 아저씨가 중얼거리는 내 말을 들었나 봐요.

"돼지들이 나를 보고 웃잖아요. 그래서……."

나는 내 마음을 드러내는 말을 당당히 하기는커녕

거의 기어 들어가는 목소리를 냈어요. 돼지 꼬리를
자른 게 아니라 내 말꼬리를 자른 것이지요. 그러든
말든 내 기분과 상관없이 꿀꿀 돼지들은 액자
속에서 코를 벌름거리며 계속 웃기만 했어요.

2

발사 아저씨의
좋은 말씀

　예전엔 발사 아저씨를 이발사 아저씨라고
불렀어요. 근데 내가 심술이 나서 '이'를 빼고 발사
아저씨라 한 거예요. 남의 머리를 보면 짧게
자르려고만 드는 아저씨가 얄미워 '이' 자를 하나
자른 거지요. 그래야 공평하잖아요. 아저씨도 뭔가
짧아지는 게 있어야지요. 뭐, 진짜 이름은 또 따로
있겠지요. 진짜 이름은 몰라요. 그래서 그냥 발사

아저씨라고 부르지요.

　발사 아저씨는 하던 일을 계속했어요. 지금
이발을 하고 있는 손님은 머리가 하얀 아저씨예요.
얼굴을 보니 아직 할아버지 나이는 아닌 것 같아요.
어쩌다 머리카락이 얼굴보다 먼저 늙어 버렸나
봐요.

　발사 아저씨가 가위질을 할 때마다 하얀
머리카락이 잘게 부서졌어요. 잘게 부서진
머리카락은 마치 눈가루처럼 흩어지며 발사 아저씨
손등을 덮었어요. 발사 아저씨는 한참 동안이나
가위로 그 손님의 머리를 다듬었어요. 어쩜 저렇게
손과 가위가 처음부터 한데 붙어 있던 것처럼
자연스러울까요. 가위가 손에서 떨어지지도 않고
아주 한 짝이 되어 버렸네요.

　마침내 발사 아저씨가 가위질을 끝냈어요. 발사
아저씨는 손님 머리에 염색약을 발랐어요. 요술이

따로 없어요. 약을 바르자 눈사람처럼 하얗던
머리가 얼마 지나지 않아 까맣게 변하는 거예요.
그리고 보니 손님 얼굴이 달라 보이네요. 머리가
검어지자 진짜 할아버지 얼굴이 아니에요. 아빠보다
조금 더 나이 들어 보일 뿐이에요. 참 신기해요.
머리 색깔만 바뀌었을 뿐인데······.

마침내 하얀 머리가 검어진 손님이 이발 의자에서
내려왔어요.

"어떠시요? 맘에 드시우?"

발사 아저씨의 친절한 물음이에요.

"예, 아주 좋습니다. 이제야 제 원래 모습이
나오는 것 같아요. 진즉 머리 좀 짧게 자르고 염색을
할걸 그랬어요."

손님의 감격스런 대답이지요.

"사람 첫인상은 뭐니 뭐니 혀도 머리가
중요하지라우. 그란께 거 뭣이냐, 일단은 얼굴에

맞게 이발을 혀야 되지요. 머리
색깔이야 늙으면 허연 눈같이 되는
걸 피할 순 없겄제만, 그래도 요샌
염색약이 좋은께 흰머리도 검은 머리
만들 수는 있제.”

그러면서 발사 아저씨가 나를
돌아보았어요.

“어른이고 애고 우선 얼굴에 맞게
머리를 자르는 일이 중요허지요.”

발사 아저씨의 옳은 말씀이지요.

“근데, 요샌 죄다 유행 따라 머리를
자른께 사람마다 머리 꼴이 다 똑같고
개성이 없어요, 개성이!

개성이 있을라면……."

　손님은 얼른 이발비를 치르고 뒷머리를 만지면서
나갔어요. 발사 아저씨 말씀이 옳긴 하지만 자칫
'개성'에 대한 발사 아저씨의 강의를 길게 들어야
할지 몰라서 그랬을 거예요. 아마 그 손님도 발사
아저씨의 단골인가 봐요. 그러기에 상황을 얼른
알아차리고 달아났겠지요. 손님이 서둘러 나가자
발사 아저씨의 옳은 말씀은 나와 아빠를 두고
계속됐어요.

구둣솔 같고
고슴도치 가시 같은
내 머리

이제 내 차례예요. 근데 나는 정말로 이발하기가
싫어요. 머리를 멋지게 기르고 싶거든요. 뒷집
경철이도, 앞집 영수도 머리가 길어요. 오직 나만
귀가 다 보일 정도로 짧아요. 그런데도 할머니는
내 머리통을 쓰다듬으며 귀여워해요.

"어이구, 우리 강아지, 꼭 잘 깎아 놓은 밤톨
같네!"

그러나 나는 그 소리가 참 듣기 싫어요. 날 강아지 취급하는 거야, 할머니들이 으레 손주보고 그렇게 얘기하니까 그렇다 치더라도, 잘 깎아 놓은 밤톨 같다니요! 안 깎은 알밤, 아니 껍질도 까지 않은 가시 그대로인 밤송이가 훨씬 더 멋지잖아요! 근데 하필이면 머리털 같은 가시 다 뜯어내고 껍질 다 벗겨 낸 허연 밤톨 같다니요!

게다가 내가 이발하고 놀이터에 가면 경철이하고 영수까지 까칠까칠한 내 머리통을 쓰다듬으며 놀리는 거예요.

"훈이 머리는 꼭 아빠 구두 닦는 솔 같아!"

경철이가 먼저 내 머리통을 손으로 쓸듯이 만지며 말하자 영수도 덩달아 놀렸어요.

"아냐, 고슴도치 가시 같아! 손바닥이 찔리면 어떡하지?"

그러면서 영수는 내 머리통을 자기 손바닥으로

눌러 보기까지 했어요. 나는 그만 으앙 울고
싶었어요. 하지만 울보라는 놀림까지 받을까 봐
울지도 못하고 꾹 참았지요.

　이번에는 또 어떻게 두 아이가 놀리는 걸 참아야
하나 걱정하고 있는데 발사 아저씨 목소리가
끼어들었어요.

　"훈아, 이리 와서 앉그라잉."

　발사 아저씨가 이발 의자를 수건으로 털며 나를

돌아보았어요.

　나는 마지못해 이발 의자에 가서 앉았어요. 이발
의자라 했지만 사실 내가 앉는 곳은 의자 팔걸이에
길게 걸쳐 있는 도마 같은 널빤지예요. 아직 키가
작아 어른들과 똑같이 앉을 수가 없어서지요.

　나는 기어코 퉁명스레 내뱉었어요.

　"나, 머리 깎기 싫은데."

　"아녀, 머리는 얼굴에 맞게 깔끔하게 깎아야 정신
사납지 않고 공부가

머릿속에 쏙쏙 들어가는
것이여. 그리고 머리가
깔끔해야 친구들도
좋아하제. 머리 다듬고
나면 넘 보기도 얼마나
좋아! 아저씨가 멋지게
깎아 줄게!"

"나도 머리 길게 하고 싶은데."

하지만 발사 아저씨는 내 말을 들은 척도 하지 않았어요.

발사 아저씨가 말했잖아요. 머리는 얼굴에 어울리게 잘라야 한다고요. 어쩌면 내 얼굴에는 긴 머리가 어울릴 수도 있잖아요? 발사 아저씨 얼굴엔 대머리가 어울리고! 그런데 왜 발사 아저씨는 그런 생각은 않고, 내 머리는 무조건 짧게만 자르려고 하는 거죠? 이렇게 따지고 싶었지만 마음뿐이에요. 아빠도 아무 소리 않고 이발하는데 내가 나서기도 그렇잖아요. 사실 경철이와 영수 말고도 내 친구들은 모두 나보다 머리가 훨씬 길어요. 애들은 내 머리가 구둣솔 같고 고슴도치 가시 같아서 촌스럽대요.

그런 생각을 하고 있는 사이, 역시 내 마음은 헤아리지도 않은 발사 아저씨가 가위질을 시작

했어요. 나는 심통이 났지만 그대로 머리통을 맡긴 채 앉아 있을 수밖에 없었어요. 뭐, 머리를 깔끔하게 깎아야 정신 사납지 않다고요? 흥, 그럼 머리가 긴 엄마와 할머니는 이미 정신이 어떻게 되었게요? 또 머리가 짧아야 공부 잘하는 거면 군인 아저씨들은 모두 다 공부 잘하게요? 내 친구들 모두 머리가 길지만 다들 정신 사납지 않고 아무렇지도 않아요. 그런데 내 머리는 왜 짧아야 되는 것이에요?

    도대체 말이죠, 발사 아저씨랑은 말이 안 통해요.
머리는 내 머리인데 깎는 건 발사 아저씨
맘대로예요. 아빠도 '이렇게 깎아 주시오, 저렇게
깎아 주시오.' 하는 법이 없어요. 그냥 발사
아저씨한테 머리를 맡기고 가만히 있는 거예요.
그러다 보니 어떤 때는 짧게 깎이고, 어떤 때는
이발한 티만 겨우 날 정도로 변화가 별로 없지요.

엿장수 맘이라는 말은 들어 보았지만 이발사 맘이라는 말은 들어 보지 못했는데 말이에요. 엿장수고 이발사고 다 가위를 들고 있어서 그런가 봐요. 아무튼 이발 작업에 들어가면 발사 아저씨의 가위질은 머리통 속이 다 보일 때까지 멈추질 않아요. 세상 사람이 다 발사 아저씨처럼 대머리가 되길 바라서 그러는 걸까요?

대체로 지난 한 달 동안 발사 아저씨에게 벌어진 일이 많을 땐 손님 머리가 짧아져요. 이런저런 이야깃거리가 많을 땐, 이야기가 끝날 때까지 가위질을 하기 때문이지요. 벌어진 일이라고 했지만 막상 굉장한 일이 벌어진 건 아니에요.

발사 아저씨는 산을 좋아해요. 쉬는 날에 별다른 일이 없으면 반드시 산에 다녀오지요. 그러다 보니 전국의 이름난 산치고 안 가 본 데가 거의 없대요. 발사 아저씨는 매번 자신이 다녀온 산 이야기를

오래오래 해요. 그래서 머리가 자꾸자꾸
짧아지지요.

　그러나 비가 오거나 집안에 일이 있어
산에 못 간 날이 많을 땐 가위질을 오래
하지 않아요. 별로 이렇다 할 얘깃거리가
없을 땐 가위질이 금방 끝나는 거예요.
그런데도 내 머리는 긴 채로 이발을 끝낸
적이 없어요. 발사 아저씨 가위질은 금방
끝나도 내 머리는 어느새 '잘 깎은
밤톨처럼' 다듬어져 있지요. 아무튼
나한테는 이러든 저러든 엿장수 맘, 아니

500M

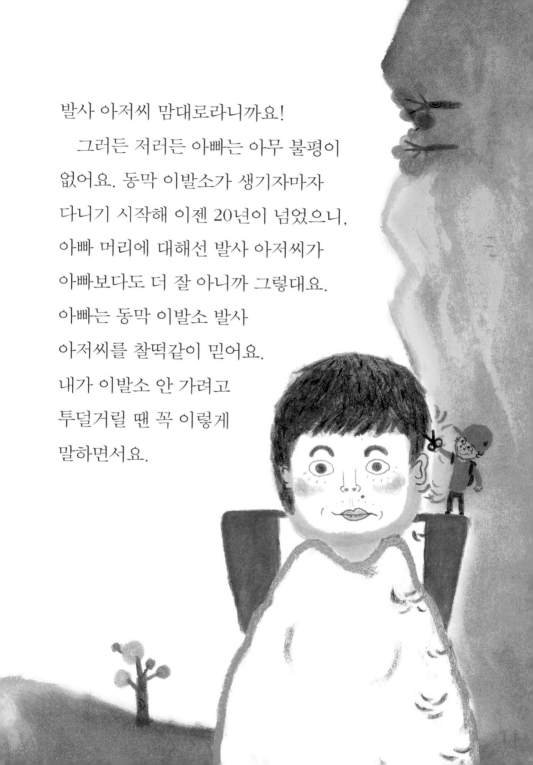

발사 아저씨 맘대로라니까요!

그러든 저러든 아빠는 아무 불평이
없어요. 동막 이발소가 생기자마자
다니기 시작해 이젠 20년이 넘었으니,
아빠 머리에 대해선 발사 아저씨가
아빠보다도 더 잘 아니까 그렇대요.
아빠는 동막 이발소 발사
아저씨를 찰떡같이 믿어요.
내가 이발소 안 가려고
투덜거릴 땐 꼭 이렇게
말하면서요.

"무슨 일이든 전문가는 따로 있어. 머리카락은 아빠 머리에서 자라지만 아빠도 아빠 머리를 다 볼 수 없잖아. 머리는 뭐니 뭐니 해도 이발사 아저씨가 알아서 해야지. 머리만큼은 이발사 아저씨가 전문가거든."

동막 이발소라고 했지만 지금은 '도마' 이발소이지요. 20년 동안 한 번도 칠을 새로 하지 않아 문짝에 새겨진 '동막'의 받침이 다 지워져 버리고 없거든요. 그래서 그런지 나는 이발 의자 위의 널빤지에 앉아 발사 아저씨한테 머리통을 맡길 때마다 꼭 도마 위에 놓인 생선이 된 듯한 느낌이 들어요. 요리사가 맘대로 칼질을 해도 아무 소리 할 수 없는 생선 말이에요. 이발하기 싫은데도 머리통을 맡겨야 하는 나와 죽기 싫어도 도마 위에 올려지면 요리가 되어야 하는 생선이 뭐가 다르겠어요. 더더구나 어른들과 달리 도마 같은

널빤지에 걸터앉아서 이발을 해야 하는 난 그런
기분이 더 들 수밖에 없어요.

유치원 들어가기 전 동막 이발소에 온 날이
떠올라요. 봄이 되면 유치원에 가기로 했지요. 어느
일요일 아침, 아빠가 나보고 밖에 나갈 준비를
하라고 했어요.

"어디 가는 거예요, 아빠?"

"머리 병원."

"나 머리 아야 안 하는데."

"머리카락이 아야 하잖아."

"머리카락이?"

난 머리카락을 만져 봤지만 멀쩡했어요. 알 수 없는 일이었어요. 그리고 말이에요, 나중에 깨달은 일이지만 머리카락이 어떻게 아파요. 엉뚱한 우리 아빠!

무슨 까닭인지는 모르지만 어려서부터 난 이발소 가는 걸 무척 싫어했대요. 돌이켜 생각해 보면 내가 이발소를 싫어하게 된 건 바로 '이발소 표시등' 때문인 것 같아요. 울긋불긋한 줄이 그어진 채 빙글빙글 돌아가는 것 말이에요. 그게 꼭 텔레비전 동물 프로그램에서 본 표범 같았어요. 자기보다 힘이 약한 동물을 잡아먹으려고 바람처럼 달려드는 표범 말이에요. 그래서 이발소 표시등을 보는 순간 어지럽기 시작하고 발이 땅바닥에 달라붙는 것 같았지요.

하여간 이발소에 가서 머리를 한번 깎으려면
난리가 났대요. 이발소에 먼저 와 있던 손님들까지
나서서 나를 붙들어야 했으니까요. 어떤 때는 내가
좋아하는 자동차 광고 사진을 눈앞에 펼쳐 보이며
가까스로 머리를 자르기도 했대요. 그토록 나를
이발시키는 게 힘들었대요. 그래서 언제부턴가는
집에서 머리를 자르게 되었어요. 방바닥에 널찍하게
신문지를 펼쳐 놓고 바느질 가위로 엄마가 머리를
잘라 주기 시작한 것이지요. 그런데 새삼스레
이발소라니?

　　"이제 유치원도 가야 하니까 머리 예쁘게
깎아야지."

　　"유치원 가려면 스님들처럼 머리 빡빡 깎고 가야
해?"

　　"아니, 그런 건 아니고, 지금보다 더 예쁘게 하고
가야 짝꿍이 싫어하지 않지."

"난 머리 안 깎는 게 좋은데."

"머리 예쁘게 안 자르면 유치원에서 안 받아 줄지도 몰라."

그 말에 더 고집을 부리지 못하고 이발하러 나섰어요. 유치원은 가고 싶었거든요. 게다가 언젠가 엄마가 이런 말을 했어요.

"훈아, 아빠가 엄마랑 결혼할 때 말한 소원이 뭔지 아니?"

내가 그걸 어떻게 알겠어요. 엄마는 이 말을 할 때마다 어이없다는 듯 웃음을 터뜨려요.

"호호, 아들 낳으면 아들 손잡고 이발소도 다니고 목욕탕도 같이 가는 거래. 함께 공을 차거나 자전거를 타는 것도 아니고, 이발소랑 목욕탕 다닐 꿈을 꾸었으니 참 별난 소원이지. 그러니 훈이 네가 아빠 소원 들어주는 셈 치고 이해하렴."

세상에 어른 소원이 뭐 그래요? 남의 아빠들

소원은 직장에서 더 높은 자리에 올라가 월급을
많이 받게 되는 거나 가족들끼리 어디 여행 가는
것이라는데, 우리 아빠 소원은 겨우 아들 손잡고
이발소나 목욕탕 다니는 것이라니. 별나도 묘한
쪽으로 별난 우리 아빠!

　아무튼 그때부터 적어도 한 달에 한 번은
꼼짝없이 아빠 손에 이끌린 채 동막 이발소를
다니게 되었지요.

# 6. 돌려대기 일 등, 우리 아빠

　　오늘도 이발소 가기 정말 싫은데 별난 아빠의
소원을 들어주러 아침 일찍 아빠랑 동막 이발소를
찾았어요. 골목에 접어들어 빙글빙글 돌아가는
이발소 표시등을 보자 나는 잠시 어지러웠어요.
예전처럼 표범이 마구 달려드는 것 같지는
않았지만요.
　　"음, 일찌감치 문을 여셨구나. 하긴 워낙

부지런하신 분이라……. 그러니 가위 하나로
사 남매나 되는 자식들 교육까지 다 시키고 이제껏
먹고살았지."

　발사 아저씨를 두고 하는 말이에요. 발사 아저씨
얘기를 할 때마다 아빠가 꼭 빼놓지 않고 하는 말이
있어요. 부지런하다는 말과, 가위 하나 들고 고향
동막골을 떠나 도시로 와서 자식 교육 다 시키고

먹고살았다는 말. 그런 일이 얼마나 대단한지는
모르겠지만 아빠는 발사 아저씨를 무척 존경하는 것
같아요. 그러지 않고서야, 집 근처 이발소를 두고
굳이 길 건너 골목까지 찾아갈 까닭이 없지요.
부러운 것도 많은 우리 아빠!

　사실 집 가까운 데엔 새로 생긴 깨끗한 이발소도
하나 있고, 밝고 깔끔한 미용실도 둘이나 있어요.
그런데도 아빠는 그런 곳 다 놔두고 먼 데까지
일부러 찾아가지요. 다른 데는 머리도 종업원이
감겨 주는데 여긴 그렇지도 않아요. 손님 스스로
물을 받아 감아야 하지요. 그뿐인가요? 동막
이발소는 다른 데와 달리 지저분한 데다
어두침침하기까지 해요. 돼지 가족 그림이 있어선지
동막 이발소에 들어서면 시골 할아버지 댁에서 맡아
본 돼지우리 냄새가 나는 것 같기도 하고요.
그런데도 아빠는 그런 분위기가 편안해서 좋대요.

촌스런 우리 아빠!

이런 생각에 한참 빠져 있는데 귀에 차가운
가윗날이 닿는 느낌이 들었어요. 아무래도 내 귀가
잘리는 것 같았지요. 갑자기 통증까지 느껴지는 거
있죠.

"아얏!"

발사 아저씨가 내 비명에 놀라 가위를
떨어뜨렸어요.

"훈이 왜 그러니?"

벽 쪽 의자에 앉아
신문을 뒤적이던
아빠가 놀란 목소리로
물었어요. 나는 눈을
감았어요. 거울을 통해
차마 내 끔찍한 모습을
볼 수가 없었기 때문이지요.

“내 귀! 내 귀!”

나는 귀를 만져 보기 위해 둘러쓰고 있던 하얀
보자기를 들치고 손을 내밀었어요. 보나마나 귀는
엉망이 되어 있을 거예요. 그때 떨어뜨린 가위를
다시 집어 든 발사 아저씨가 내 손을 잡으며 껄껄
웃었어요.

“어이구, 으쩌까. 훈이 귀가 없어져 부렀다잉.”

“엥, 어떡해! 나 어떡해!”

아빠가 가까이 다가와 나를 들여다보는 게
느껴졌어요.

“멀쩡한데……. 아니다, 우리 훈이 귀가 사라져
버렸네. 허!”

“발사 아저씨 나빠요! 아저씨 때문에 내 귀 잘려
나갔단 말이에요!”

그때까지도 나는 눈을 뜰 수가 없었어요. 내
눈으로 귀가 잘린 걸 어떻게 보느냔 말이에요.

근데 아빠 목소리가 이상했어요. 아들 귀가 잘려
나갔는데도 걱정하는 투가 아니라 되레 웃음이
묻어나는 거예요. 그래도 나는 눈을 떠서 거울 볼
생각을 못 했어요.

갑자기 액자 속의 돼지들이 꿀꿀거리며 나를
놀리는 소리가 들렸어요. 나는 그 소리가 정말 듣기
싫었어요.

"야, 돼지들! 나 놀리지 마!"

"잉? 무슨 소리다냐?"

발사 아저씨 목소리예요.

"저 돼지들이……."

나는 더 말하려다 그만두었어요. 내가 하는 말을
발사 아저씨와 아빠가 알아듣기나 하겠어요.

"훈아, 눈 떠 봐라잉. 눈에 머리카락 들어갔다냐?"

발사 아저씨가 내 머리를 똑바로 하고 나를
들여다보는 것 같았어요.

　“내 귀.”

　“귀 괜찮은께 걱정 말어. 아저씨가 이래 봬도
가위질만 40년 한 사람이란 말이여. 아무려면 훈이
귀를 잘랐을까.”

　나는 그제야 눈을 슬며시 떴어요. 거울을 보니
귀는 말짱히 붙어 있었어요. 액자 속 돼지들이 다시
꿀꿀거리며 놀렸어요.

　‘꿀꿀꿀꿀 꿀꿀꿀꿀 꿀꿀꿀꿀!’

　‘저것들을 그냥……’

　그러나 마음뿐이었어요. 새끼 돼지 열두 마리에다
엄마 돼지까지 해서 모두 열세 마리나 되는데 내가
어떻게 해볼 수 있겠어요.

　그사이 발사 아저씨는 내 머리통을 그야말로 잘
깎은 밤톨처럼 동글동글하게 만들어 놓았어요. 정말
볼품없는 꼴이 되어 버린 거예요. 그런데도
아저씨는 자신의 작품인 내 머리를 아주 마음에
들어 했어요.
　"자, 다 됐다. 훈이 이발허고 난께 참말로 멋져
부네!"
　아저씨 말에 아빠는 뭐가 그리 좋은지
싱글벙글이에요.

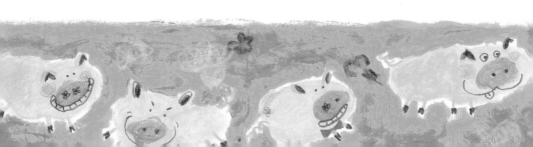

"머리 깎으니까 얼마나 멋있어! 사람이 달라 보이잖아."

"아빠는 달라 보이는 게 좋아요? 내가 아니란 말이야!"

"아냐, 그대로야. 내 아들 훈이."

"달라 보인다 해 놓고선……."

"그건 더 멋있어졌다는 말이야!"

둘러대기 일 등, 우리 아빠!

지리산
오르내리는 동안
생긴 일

    이제 아빠 차례예요. 이발을 하는 동안 발사
아저씨랑 아빠는 이런저런 말을 많이도
주고받았어요.

    "이참엔 어디 다녀오셨어요?"

    이건 아빠의 물음.

    "쪼까 먼 데로 갔구만."

    요건 발사 아저씨의 대답.

"먼 데 어디요?"

아빠는 인사치레하느라 건성으로 물은 것 같은데
발사 아저씨는 물 만난 고기처럼 신이 나서
이야기를 시작했어요.

"쩌그 지리산. 그란디 산 중턱까정 길을 내
부렀더만. 그려서 등산길이 많이 짧아지긴 혔는디,
사람이 천지여. 산이 몸살을 앓겄어. 그라고 그
뭣이냐, 산에다 길 내는 것도 거시기헌디 인자
산 위까지 사람 실어 나르는 케이블칸지 뭔지 하는
것까지 놓느니 어쩌니 하고 난리더만. 근디 산은
지 발로 걸어서 올라가야 맛이제. 안 그런가, 훈이
아빠?"

"아, 예……"

발사 아저씨가 땀을 뻘뻘 흘리며 지리산을
올라갑니다. 가다가 힘이 들면 잠시 땀을 식히며
쉬기도 합니다. 그렇게 발사 아저씨가 지리산

올라가는 이야기를 하는 내내 아빠 머리는 점점
짧아졌지요. 거울 속에 비친 아빠 표정을 보니 좀
우그러졌네요. 나는 속으로 고소해하면서 아빠
모습을 흘끔흘끔 쳐다보았어요. 발사 아저씨가
지리산 다녀온 이야기를 더 길게 길게 하기를
바라면서요.

"산에서 내려올 땐 비가 오드만. 미끄러워
혼났어."

산을 내려오는 이야기를 할 때 발사 아저씨의
가위질은 더 빨라졌어요. 그 바람에 아빠 뒷머리는
내 머리보다 더 짧아지고 있었지요. 히야, 이런 일도
있네요. 마침내 파리가 앉았다간 미끄러져 다리가
부러질 정도가 됐어요! 아빠는 원래 머리칼이 귀를
약간 덮게 이발을 해요. 머리가 매끈한 참머리라서
그래야 더 보기 좋고 얼굴에도 어울린다는 발사
아저씨의 옳고도 옳은 말씀대로 깎는 것이지요.
내 머리는 아빠 머리와 다르게 곱슬머리라 조금만
길어도 바구니 엎어 놓은 것처럼 영 모양이 나지
않는대요. 그래서 될 수 있으면 짧게 깎아야 하고,
그게 내 얼굴에도 더 어울린대요. 이것도 발사
아저씨의 옳고 옳은 말씀이지요.

그럼 만날 옳고 옳은 말씀만 하시는 발사 아저씨

머리는요? 눈치챘겠지만 발사 아저씨는
대머리예요. 앞머리는 훌라당 다 벗겨져서
머리카락이 한 올도 없고 뒤에만 몇 올 붙어 있어요.
그러니 굳이 이발도 할 필요가 없겠지요. 어쩜
저렇게 얼굴하고 대머리가 잘 어울릴까! 어쩌면
아저씨가 대머리라서 손님 머리도 짧게 깎으려
하는지 모르겠어요. 아저씨랑 모두 비슷하게 만들어
놓으려고요.

마침내 아빠 뒷머리가 바리캉을 대고 민 것처럼
거의 맨머리가 되었어요.

"지리산 올라갔다
내려오시는 동안 제
머리가……."

그제야 아빠는 일이
어떻게 되었는지를 알아차린
모양이에요. 어울리지 않게

아빠가 더듬거리기까지 해요.

"어이쿠! 너무, 짧은 것, 아, 아닌, 가요?"

"여름도 되고 헌께 시원하게 깎아 부렀네."

발사 아저씨는 아빠가 두르고 있던 하얀 천을
풀어 이발 의자를 톡톡 치면서 시원스레
대답했어요.

사실 아직 여름은 멀었어요. 그런데도 발사
아저씨가 그렇게 말하는 건, 길었던 지리산 등반
이야기에 대한 핑계지요.

아빠는 속으로는 무척 못마땅하겠지만 스스로
'도마' 이발소 의자에 앉아 '생선'처럼 발사
아저씨에게 머리를 맡겼으니 아무런 불평도
못했어요. 히히, 말도 잘 듣는 착한 우리 아빠!

아빠는 한쪽 구석에 있는 세면대로 가서 머리를
감았어요. 세면대라고 하지만 수도꼭지가 있는 것도
아니어서, 큼직한 물통에서 물을 퍼 써야 해요.

게다가 샴푸도 없어요. 샴푸 대신 벽돌을 반으로
잘라 놓은 것만 한 빨랫비누가 있지요.

"요새 거 뭐냐, 샴푸 잘못 쓰면 머리카락 다
빠져서 못써요. 머리때 빼는 데는 똥비누가
최고여!"

발사 아저씨는 빨랫비누를 '똥비누'라고 해요.
그리고 보니 빨랫비누가 누런 똥덩어리 같기도
해요. 그런데 말이에요, 발사 아저씨는 샴푸 대신

빨랫비눈지 똥비눈지 하는 것만 썼을 것 아네요.
근데 왜 대머리가 되었대요? 혹시 혼자서 몰래 샴푸
쓰다가 그렇게 된 것 아닐까요? 나야 뭐,
이발소에서 머리까지 감지는 않으니까 빨랫비누를
쓰든 샴푸를 쓰든 상관없지만 말이에요.

아빠는 바가지로 물을 퍼서 머리를 적신 뒤,
이 손님 저 손님 머리카락이 잔뜩 붙어 있는
빨랫비누로 머리를 감고, 다시 바가지로 물을 퍼
머리를 헹구었어요. 머리를 다 감고 난 아빠가
자꾸만 어색한지 손으로 머리를 매만지며 나를
바라보았어요.

"군인 머리 같지?"

나는 아니라 하지 못하고 고개를 끄덕였어요.

하지만 발사 아저씨는 아빠 머리 작품도 마음에
들어 하네요.

"시원해 보인께 더 멋져 분디! 지리산 꼭대기에

바람이
부는디……"
　발사 아저씨는
이제 시원한
지리산 바람
소식까지 전하며

싱글벙글이에요. 그러고 보니 발사 아저씨는 늘
웃는 얼굴이에요. 하긴, 남의 머리만큼은 자기
맘대로 할 수 있는 기술을 가지고 있으니 웃지 않을
까닭이 없겠지요. 엿장수 맘, 아니 이발사 맘대로
살 수 있잖아요!

8

도마 위 생선?
우리가?

집에 돌아오는 내내 아빠는 머리가 어색해서 거의
울상이었어요.

"훈이야, 이렇게 짧은 머리로 어떻게 출근을
하니⋯⋯."

"아빠도 참, 그러니까 내가 이발하지 말자고
했잖아요."

"그렇다고 날마다 자라는 머리를 자르지 않고

살 수도 없잖아."

"아빠도 이젠 도마 이발소 가고 싶지 않을걸?"

"도마 이발소?"

"맞잖아요. 문짝에 그렇게 써 있던걸요, 뭐.
이제야 하는 말이지만, 널빤지에 앉을 때마다 꼭
도마 위에 앉는 것 같다고요. 게다가 하필 이발소
이름까지 도마라니! 이발소 문만 들어서면 요리사
맘대로 구워지고 삶아지는 생선이 되는 거야!
오늘은 아빠도 요리사 맘대로 하는 도마 위 생선
됐잖아요."

"도마 위 생선? 우리가? 맞다! 하! 하! 하!"

아빠는 조금 전까지 시무룩했던 표정은 간데없고
뭐가 그리 재미있는지 크게 웃어 젖혔어요.
지나가던 사람들이 흘끔 쳐다보았지만 아빠는
아무렇지도 않아 했어요. 하긴 이게 아빠의
매력이지요. 심각했다가도 금세 다 잊고 껄껄거리는

것. 나보다 더 단순한 우리 아빠!

나는 내친김에 아빠를 더 놀려 줘야겠다고 생각했어요.

"아빠도 오늘은 잘 깎아 놓은 밤톨 같은데……."

"네 이 녀석, 아빠한테 그런 소리를!"

"머리 깎으니까 얼마나 멋있어요! 사람이 달라 보이잖아요!"

"훈이 너는 아빠가 달라 보이는 게 좋아? 아빠가 아닌 것 같잖아!"

"아냐, 그대로예요. 우리 아빠, 박 과장님!"

"달라 보인다 해 놓고서……."

"그건 더 멋있어졌다는 말이에요!"

사실 아빠는 머리를 짧게 자르면 아주 촌스러워지지요. 음, 뭐랄까, 옛날 사람들, 흑백 사진 속에서 본 시골 할아버지들 젊었을 때 모습 같지요. 언젠가 텔레비전 드라마에서 본 옛날 아저씨들 같기도 하고요.

　그래도 어떻게 그렇게 말해요. 그럴 순 없잖아요.
그래서 아빠 말투를 흉내 내서 더 멋있어졌다고 한
거예요. 그러자 아빠는 다시 '하! 하! 하!' 하고
웃었어요. 아무래도 도마 이발소엔 계속 가게 될 것
같아요.

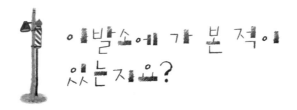
# 이발소에 가 본 적이 있는지요?

　요즘엔 남자들도 이발소보다는 미용실에 가서 머리를 자르는 사람이 많아 물어보는 거예요. 그런데 이 책을 쓴 아저씨는 아직까지 미용실에 한 번도 가 보지 못했어요. 호기심에서라도 한번쯤 가 볼 만한데 그러지 못한 것은 단골로 수십 년 드나든 이발소가 있기 때문이지요.

　내가 단골 이발소를 끊지 못하는 건 바로 그 이발소의 주인아저씨 때문이에요. 아저씨는 참 엉뚱해요. 평생 머리만 깎은 '이발의 달인'이라서 그런지 손님이 머리를 어떻게 깎아 달라 하지 않아도 손님의 얼굴 생김새와 머릿결을 보고 착착 알아서 깎아 주지요. 다만 아저씨가 쉬는 날 산에라도 다녀와서 할 얘기가 많으면 오랫동안 가위질을 하는 바람에 손님의 머리가 사정없이 짧아집니다. 집에서 심심하게 보냈으면 할 얘기가 별로 없어 이발한 티만 겨우 나는 정도에서 금세 '이발 끝!' 이고요. 아직 이발할 때가 안 된 것 같아 이발소에 가지 않고 있으면 아저씨한테서 틀림없이 전화가 오지요. 이발할 때가 되었는데 왜 오지 않느냐면서요. 그러면 머리칼이 짧은데도 이발하러 가야 해요.

아저씨가 엉뚱한 건 그뿐만이 아니에요. 아빠와 아들이 같이 가면 이발삯을 1인분만 받아요. 게다가 아들에겐 '복돈'도 주지요. 그러면 이발사 아저씨가 손님보다 돈을 더 쓰게 되지만 아저씨는 그저 '허허' 하실 뿐이에요. 그래서 나는 언제부턴가 이발소에 갈 때면 아저씨에게 드릴 '뭔가'를 들고 갑니다.

나는 이발사 아저씨의 엉뚱함이 참 좋아요. 그래서 아저씨가 더 나이 들어 이발소 문을 닫을 때까지 다니고 싶은데, 어렸을 때부터 나랑 그 이발소에 다닌 아들 녀석은 가끔 투덜댑니다. 다른 친구들이 이발하는 곳에서 한번쯤 깎아 보고 싶은 거지요. 그런데도 마음뿐이에요. 동네에 크고 환한 미용실이 여럿 있지만 도마 이발소를 쉽게 배신할 수 없기 때문이지요. 무엇보다도 갓난이 때부터 청년이 될 때까지 자라는 과정을 다 지켜보았고, 특히 뒤통수 생김새까지 속속들이 알고 있는 '발사 아저씨'를 배신할 수 없기 때문이지요!

2010년 여름이 오는 문턱

무산서재(無山書齋)에서 박상률